THODE SE DOST

THODE SE DOST

ZAHEEN NISHAT

Made with ♥ on the Notion Press Platform
www.notionpress.com

- THODE SE DOST-

{ZAHEEN NISHAT}

Contents

Foreword

. A TRUE STORY OF

AMAL AND AHMAD"S

FRIENDSHIP.

Preface

. EVERY GIRL FIND A GOOD FRIEND IN HER LIFE.

WHO CAN UNDERSTAND HER.

AMAL WAS IN SEARCH OF A GOOD FRIEND .

AND ONE DAY AMAL GOT AHMAD .

Acknowledgements

18 . OCTOBER 2021

I WILL NEVER FORGET THIS DATE.

Prologue

-MY LAST WISH IS THAT YOU_

NEVER GO AWAY FROM

ME-

.{ ZAHEEN NISHAT}

ONE

{TOXIC SOCIETY}

SOCIETY IS NOT PROBLEM .

TOXIC SOCIETY IS PROBLEM. BACHPAN SE HUM MEIN HAR JAGHA ADJUST KARNA SIKHAYA JATA HAI.

CHAHE VO SOCIETY MEIN ADJUST KRNA HO YA FAMILY MEIN .

SACRIFICE AUR ADJUST JAISE WORDS JAISE HUMARE LIFE KA PART BAN CHUKA HAI.

AUR HAR LADKI KO AISA LAGTA HAI . JAISE YE SITUATION SIRF VO FACE KAR RAHI HOTI HAI.

PAR AISA HARGIZ NHI HAI.

HAR LADKI AISE SITUTION FACE KAR RAHI HOTI HAI.

ACTUALLY.

HAR LADKI APNE UPAR LAGE HAZAR RESTRICTION"S KI WAJAH SE FRUSTATE HO JATI HAI.

RESTRICTION LAGNE KI WAJAH KE NAAM PE HUM MEIN

YE BAAT BATAYA JATA HAI.

ITNI AZAADI DENGY TOH KE LOG KYA SOCHENGY.

.YAAR AB LOG KYA SOCHENGY YE BHI HUM SOCHNEGY .TOH LOG KYA SOCHNEGY.

SO' DEAR LOG.

AP ITNA NA SOCHEN KI FREEDOM KE NAAM PE HUM MEIN HUMARE GHAR WALE GHAR KI ANGAN SE BAHAR KE DOOR TAK KE RASTE KO GHUMNE KA NAAM YA AZAADI KA NAAM DE DEN .

HAHA" I KNOW ITS SO FUNNY . BUT REALLY ITS NOT FUNNY ITS REALITY.

BECAUSE GIRLS ALSO WANT FREEDOM .

TWO

{TOXIC LIFE}

OKAY ; A TOXIC SOCIETY MAKE TOXIC LIFE TOO.

YOU KNOW WHAT ' KABHI KABHI MAIN SOCHTI HUN KI HAR APP'S MEIN JAISE HIDE OPTION'S HOTE HAIN.

THEEK WAISE HI LIFE MEIN BHI TOXIC PEOPLE'S KO BHI HIDE KARNE KA OPTIONS HONA CHAHIYE .

BUT DON'T WORRY" ES TOXIC WORLD KE ANDAR BHI EK WORLD HAI.

.HAHA
I KNOW YOU THINK . AB KONSI DUNIYA HAI .

SO'

YE RAHA HUMARA DUSRA WORLD.

OUR MOBILE WORLD.

MOBILE HAS RUINED OUR LIFE.

THIS IS THOUGHT IN OUR MIDDLE CLASS FAMILY.

18 oct 2021

YE TAREEKH SIRF AMAL KE LIYE TAREEKH NHI THA .

**AMAL JO HAR WAQAT KAHIN NA KAHIN EK ACHE DOST KI
TALASH MEIN RAHTI THI.**

SHAYAD VO TALASH KHATAM HO CHUKI THI.

AMAL KE KAYIN AUR BHI DOST THY MAGAR AHMAD JAISE BOUNDING SHAYAD

KISI DOST SE NA THA NA HAI . AUR SHAYAD NA RAHE GA.

AMAL AUR AHMAD KA MILNA EK ITTEFAQ NHI BAKLE HASEEN ITTEFAQ BAN GAYA .

YE BAAT DONO KO KHUD NAHI PATA THA KI .

KI INKI DOSTI KITNI NAYAAB BAN CHUKI HAI.

THREE

{PODCAST}

Thodi si dosti
Zaheen Say's
0:01
1:11
1x
15
15

[AMAL UPLOAD A PODCAST FOR AHMAD]****MANA MERI AB TUMSE BAAT KAM HOTI HAI.MAGAR MAIN TUMHE YAAD NA KARUN .AISI KOI DIN NAHI HOTI.MANA TUM DOOR HO THODA MAGAR DOOR HONE SE KONSI HUMARI DOSTI KAM HOTI HAI .MERE HAR NAZM MEIN TUMHARA OUJOOD TERI ZIKR HOTI HAI. MAIN APNE ASRAAR-E-ZINDAGI TUMSE KEH DETI THI .YE JO THODI SI DOSTI JO HAI HUMARI PURI DOSTI SE KAHI ZYDA .KHUBSURAT HAI.AUR SHAYAD DOSTI KA YHI USOOL HOTA HAI.AITEBAAR, YAQEEN, MOHABBAT

FOUR

FRIENDSHIP STARTED FROM SNAPCHAT

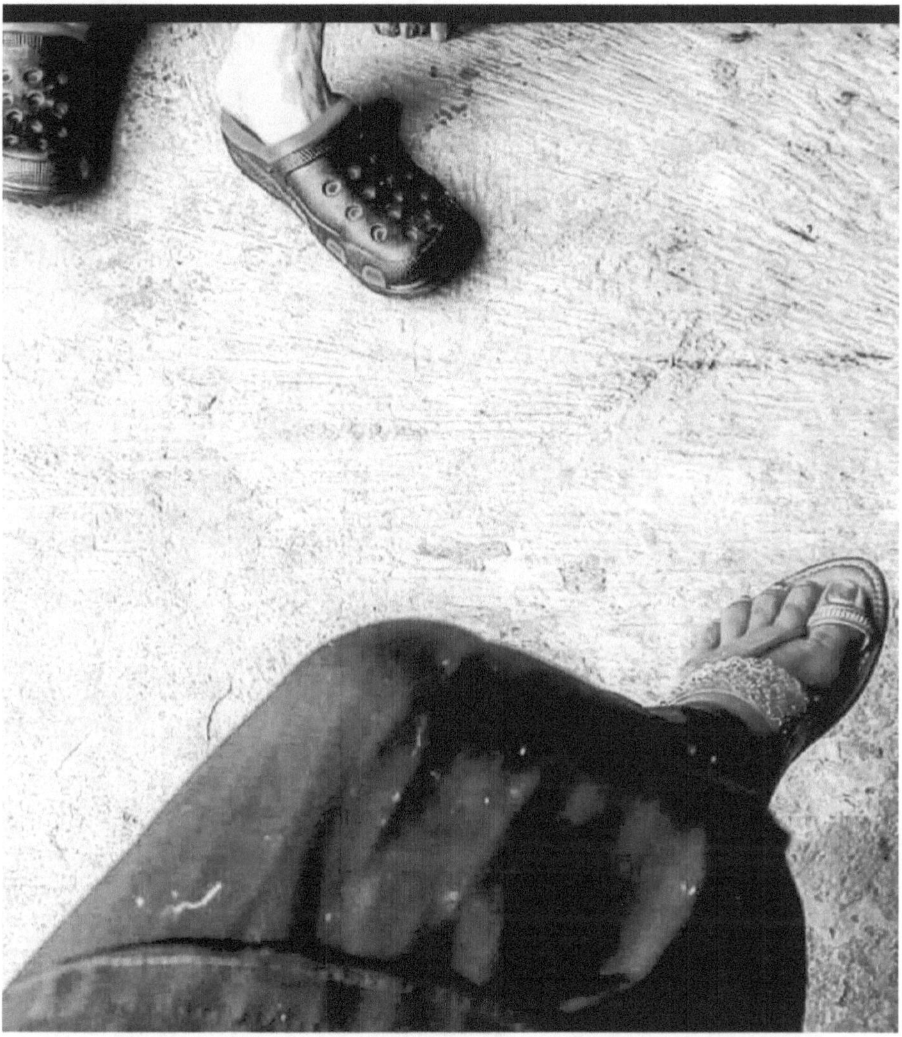

AHMAD AND AMAL FRIENDSHIP'S STORY STARTED FROM SNAPCHAT.

FIVE
OBSESSION

MOON

CLOUD

[OREO] AHMAD'S CAT

SIX

{COINCIDEENCE }

A BEAUTIFUL COINCIDENCE.

THIS HAPPENED IN THE BOTH OF LIFE .

**AMAL AND AHMAD BOTH HAVE MOLE ON THEIR LIPES.
NOT ONLY MUCH .
BOTH OF THEM HAVE MOLE ON THEIR UPER LIPS TOO.**

HAHAHA.

THIS SOUND SO ROMANTIC .

SOMETIMES I THINK THAT GOD HAD MADE BOTH OF THEM TOGETHER.

{THODE SE DOST}

SEVEN

SNAPCHAT

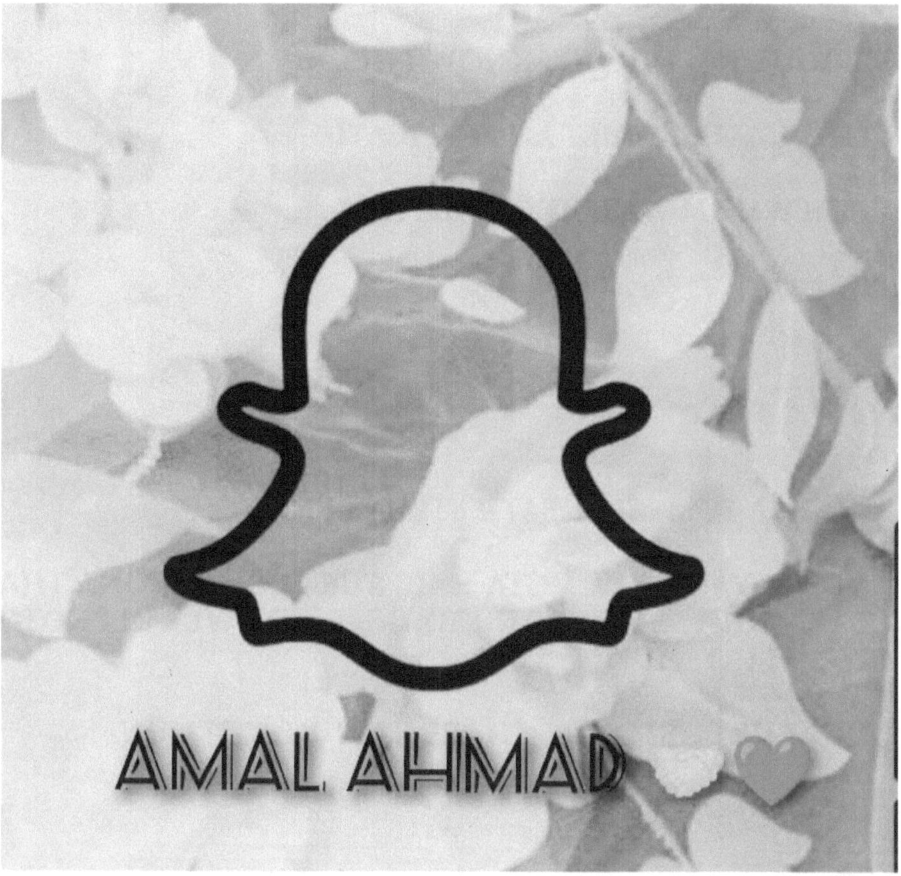

{SNAP CHAT}

. SNAPCHAT APPLICATATION IS AN APP ON WHICH ALL

THE PEOPLE OF THIS ERA ARE CONNECTED.

PEOPLE ALSO TALK ON SNAPCHAT .

THEY MAKE STREAK TOO . I DID NOT KNOW THIS.

HAHA.

SERIOUSLY ; I DID NOT KNOW THIS.

I THINK THIS IS JUST AN APPLICATION .

WITH WHOM WE LOOK BEAUTIFUL .

THEN.

MERI EK CLASS FELLOW MUJHE KEHTI HAI.

TUM KYA TUM MERE SATH STREAK BNAO GI .

AND I SAY ; YE KYA HOTA HAI . AUR FIR KYA HONA THA US NE MUJHE BATAYA AUR MAINE EK FLOWER KI PHOTO CLICK KARTI HUN .

AUR APNE DOSTON KO SHARE KARNE LAGTI HUN.

TABHI VO SANP AHMAD KO GALATI SE CHALI JATI HAI.

JABTAK MAIN VO SNAP DELETE KARTI TAB TAK AHMAD NE OPEN KAR LIYA THA .

AUR US NE REPLY MEIN YE KAHA .

AHMAD ; MASHALLLHA

AMAL ; SHUKRIYA . SORRY YE SNAP GALATI SE MAINE TUMHE SEND KAR DIYA

AHMAD ; DON'T WORRY.

YE BATAO PADHAI KAISI CHAL RAHI HAI.

AMAL ; ACHI CHAL RAHI HAI AUR TUMHARI KAISI CHAL RAHI HAI?

AHMAD ; MERI BHI ACHI CHAL RAHI HAI.

AUR ESI TARHA HUMARI BAATEIN SHURU HO GYIN .

AUR EK KAFI MAZEDAR BAAT YE THI KI .

HUM EK JAGHA EK MOHALLY MEIN RAH KAR BHI HUM DONO NE KABHI EK DUSRE SE RAABTE MEIN NAHI RAHEN .

FIR KYA HONA . HUM DONO APNE APNE SIMILAR ADATON KI BAAT KARNE LAGE .

HUMARE SONG TEST SE LE KAR HUMRE BEHAVIOR BHI MATCH HONE LAGEN .

EVEN HUMARE BIRTH STONE BHI SAME HAIN.

EIGHT
DEAR AHMAD

THANK TO COME IN MY LIFE .

MUJHE MALOOM HAI HAR INSAAN KI ZINDAGI MEIN APNE PROBLEMS HOTE HAIN.

PAR AISA HONE KE BAWAJOOD TUM NE MERI PROBLEMS APNI PROBLEMS SAMJH KAR HANDLE KARTE HO.

TUM MUJHE HUMESHA EK BAAT KEHTY HO .

{YOU DESERVE BETTER THEN ME }

HAAN MAIN MANTI HUN TUM ZAYDA MASROOF RAHTE HO . PAR MAINE KABHI ES BAAT KO ISSUE NHI BANAYA .

EVEN HUM DONO KI UNDERSTANDING ACHI HONE KI WAJAH SE KABHI HUMNE KISI BAAT KA ISSUE NAHI BANAYA.

MAINE KHUDA SE EK ACHA DOST MANGA THA . AUR EK DOST KE SURAT MEIN BAHUT ACHA DOST MILE GA MUJHE ES BAAT KA ILM NAHI THA.

HAAN EK DAFA LAGA THA MUJHE KI TUM DOST KABHI NAHI BAN SAKTE . TAB JAB HUMARI PEHLY BAAT HUI THI AUR HUM MEIN LAG RAGA THA HUM ACHE DOST BAN GYEN HAIN HUMARI VIBES MIL GAYI HAI

PHIR ;

KUCH DINO BAAT YE LOUGON KO PATA LAGA KI HUMARI BAATEIN HOTI HAIN .

AUR HUMARI SOCIETY ES BAAT KO KAHAN ACCEPT KARTI HAI KI EK LADKA EK LADKI DOST BHI HO SAKTE HAIN .

HUM ES SITUATION KO HANDLE KARTE ES SE PEHLY .

TUM LOUGON KI BAATON MEIN AA KAR . MUJHE HAR SOCIAL MEDIA PLATFORM'S SE HATA CHUKE THAY.

AUR JAB MAINE YE DEKHA KI TUMNE MUJHE HAR JAGHA SE HATA DIYA HAI .

TAB MAINE BHI JAANE KI KOSHISH NHI KI . KE TUMHE HUA KYA YA TUMNE AISA KYUN KIYA .

MAIN JANTI THI KI LOGON KO HUMARI DOSTI SE KAFI AITRAAZ THA .

LOG YAHI CHAHTE THY KI HUMARI BAAT NA HO . AUR US

DIN KE BAAD HUMARI BAAT NHI HONE LAGI.

AUR KUCH MAHINON BAAD HUM SUDDENLY MIL JATE HAI AUR HUMARI NORMAL BAATEIN SHURU HO JATI HAI .

AHMAD APNE REASON BATANE LAGTA HAI KI MAINE AISA ISLIYE KIYA .

SO MAINE NE USKI BAATON PE YAQEEN KAR LIYA .

AUR HUMARI EK DAFA AUR BAATEIN HONE LAGI .

AUR AHMAD HUMARI DOSTI KO KAFI HIDE RAKHNE LAGA . AND I DON'T NO WHY.

AUR HUM BAATEIN ITNI ZAYDA KARNE LAGE .

KI KISI AUR SE BAAT KARNE KI HUM MEIN ZARURAT HI NAHI PADI AUR NA HI HUM NE KISI AUR DOSTON SE ITNA RAABTA RAKHA .

AHMAD AUR MUJHE CHAND AUR ASMAAN SE BAHUT ULFAT HAI .
HUM APNE APNE TERRACE SE CHAND DEKHNE JATE THY .

AHMAD; CHAND DEKHO .

MAIN ; KAHIN KHO GYA HAI TUMHARI TARHA.

AHMAD; HAHA

BADAL AA GAYA SAMNE.

MAIN ; US BADAL KI SURAT MEIN KOI HOGI JISKI WAJAH SE TUM KHO GYE.

AHMAD; HAHA NHI AISA NHI HAI.

MAIN ; CHALO AAO DANCE KARTE HAIN .

AHMAD ; HAAN TUM APNE TERRACE PE KARO MAIN APNE TERRACE PE KARTA HON .

AMAL ; FINE.

AUR ITNA HI NAHI. HUM DONO KO BARISH SE BHI KAHI ZYDA ULFAT THA .

BALKE EK DAFA MAIN APNE TERRACE PE BARISH MEIN BHIG RAHI THI .

TABHI MAINE AHMAD KO TEXT KIYA .

AMAL; AHMAD BARISH HO RAHI HAI .

AHMAD ; ACHA

AMAL ; BARISH KI PANI MEIN BHEEG NA HAI ?

AHMAD; TUMHE BHEEGNA HAI ?

AMAL ; HAAN MAIN PHLY HI BHEEG CHUKI HON . TUM AA RHE HO?

AHMAD ; HAAN MAIN TERRACE PE AA RAHA HUN .

SO YE MOMENT MERI LIFE KA BEST MOMENT THA .

AUR YE MOMENT EK BOLLYWOOD KI FILM KI SCENE JAISA LAG RAHA THA .

MAGAR MAIN ES MOMENT KO CAPTURE NAHI KAR SAKI .

PAR MAIN ES SE IMAGINE TOH KAR RHI THI .

HAAN AGAR MAIN CAPTURE KARTI TOH VO MOMENT KUCH ES TARHA KA HOTA .

NINE
AHMAD

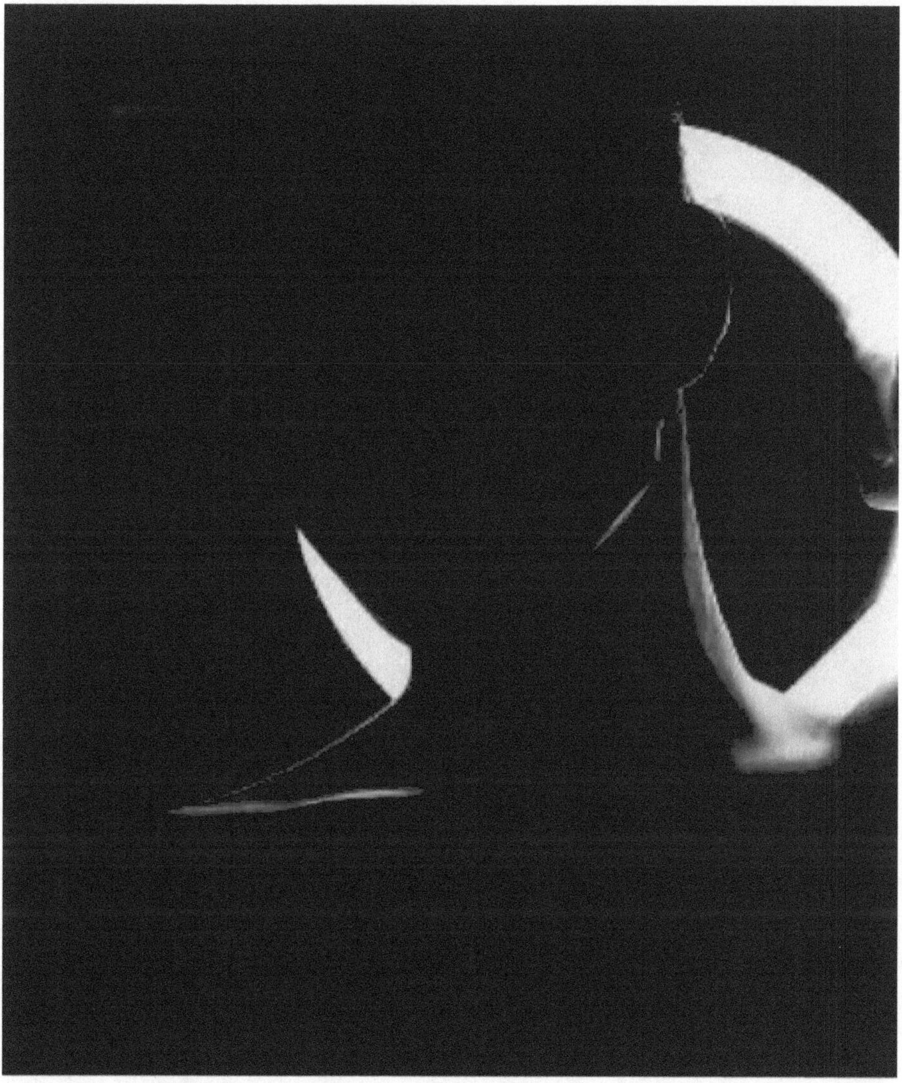

AHMAD

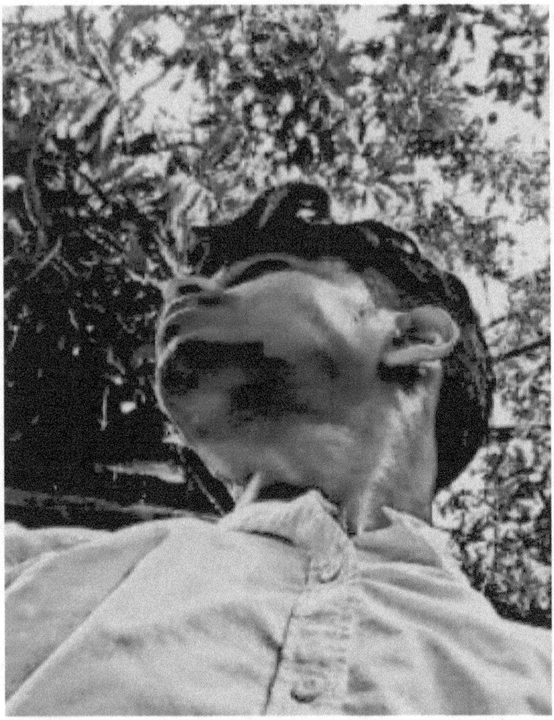

TEN
AMAL

AMAL

ELEVEN

AMAL AND AHMAD SNAP DIARY'S

amal and ahmad both obsesses with tea.

TWELVE

SNAP

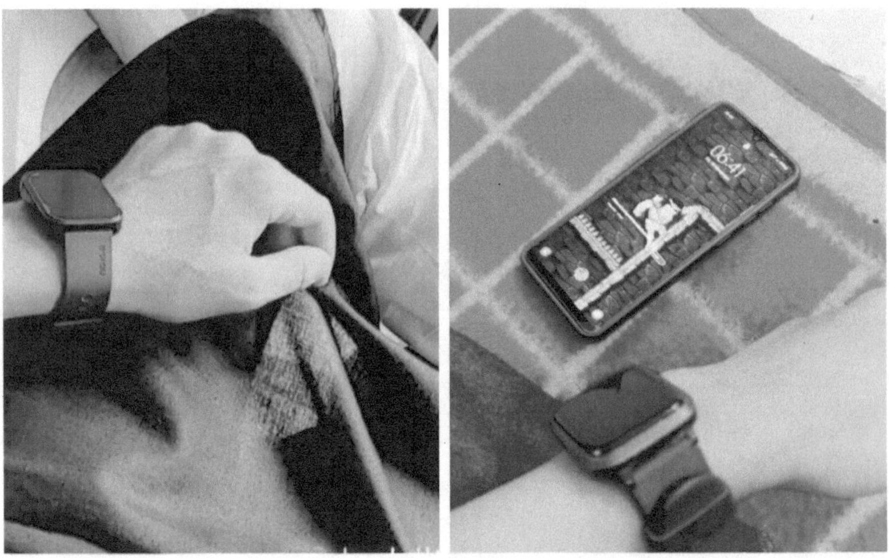

jumma wala snap .

THIRTEEN

SNAP

#travellingtime

FOURTEEN

SNAP

amal and ahmad both like raat ke 12 baje wali maggi.

FIFTEEN

SNAP

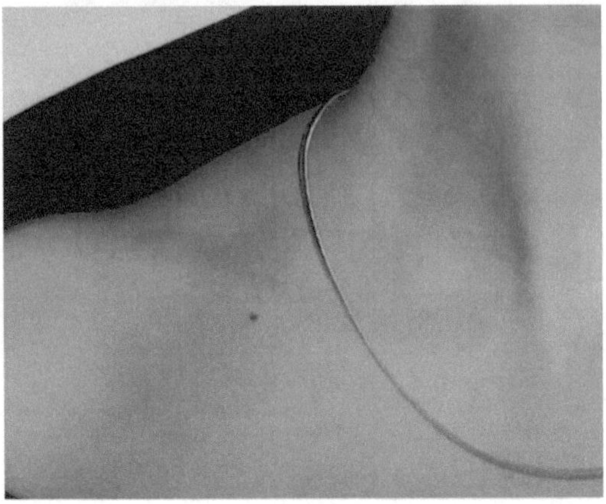

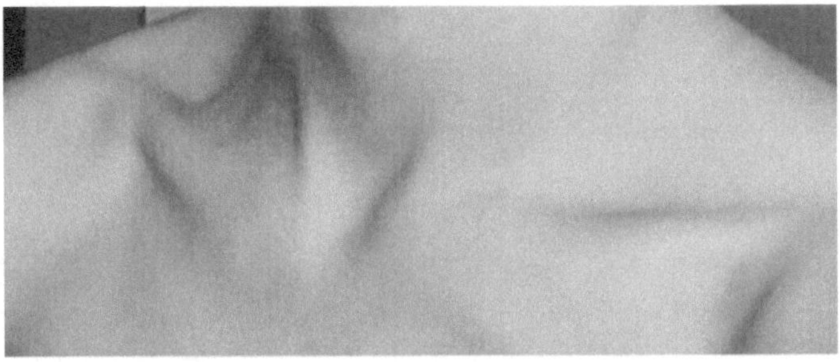

amal and ahmad are extremely obsessed with their collor bones.

SIXTEEN

SNAP

SEVENTEEN

SNAP

EIGHTEEN

SNAP

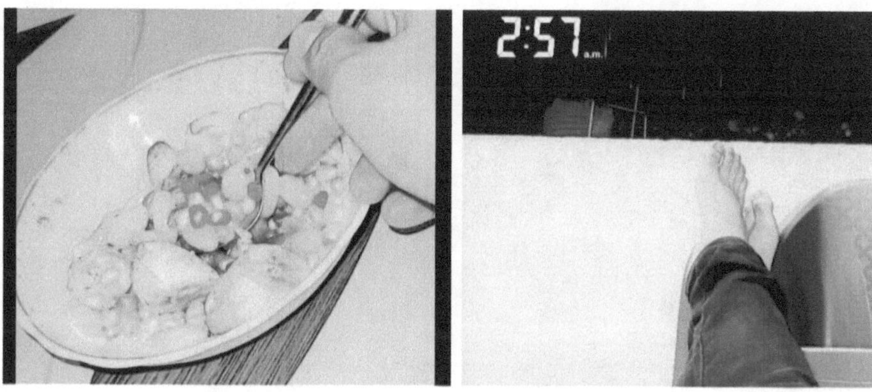

MIDNIGHT SNAP

THANK YOU

www.ingramcontent.com/pod-product-compliance
Lightning Source LLC
LaVergne TN
LVHW090431210926
848480LV00002B/782
* 9 7 9 8 8 8 8 6 9 8 5 0 1 *